읽으면 초능력1
논어를 잡다

1판 1쇄 찍음 2025년 2월 3일
1판 1쇄 펴냄 2025년 2월 21일

글 이병안 | **그린이** 로따뚜이

펴낸이 박상희
편집주간 박지은 | **편집** 이병안, 송현정
표지 디자인 정다울 | **본문 디자인** 정다울, design S

펴낸곳 애니온
출판등록 1994. 3. 17(제16-849호)
주소 06027 서울시 강남구 도산대로1길 62 강남출판문화센터 4층
전화 02)515-2000 | **팩스** 02)515-2007
홈페이지 www.bir.co.kr
제품명 어린이용 반양장 도서
제조자명 애니온 | **제조국명** 대한민국 | **사용연령** 3세 이상

ISBN 978-89-491-4704-8 (세트)
ISBN 979-89-491-4705-5 / 74810

애니온 by (주)비룡소

사진 출처

156쪽 – 『논어』 © 위키미디어
158쪽 – 공자 © 위키미디어
159쪽 – 자로 © 위키미디어

잃으면 초능력
1 논어를 잡다
이병안 글 로따뚜이 그림

차례

등장인물 • 6

1화 어쩌다 초능력 • 9

2화 『논어』가 뭔데?! • 34

3화 우당탕탕 첫 만남 • 49

4화 무서운 자로 형 • 67

5화 공자 선생님 • 83
6화 학이시습지 불역열호 • 97
7화 초능력자들의 등장 • 115
8화 공자 선생님 왈 • 135

사서 쌤과 독서 톡! Talk! • 156
똑똑해지는 인문 고전 캐치업! • 158
캐치업 노트 • 160
핵심 문장 익히면 나도 캐치업! • 162
캐릭터 정보 • 163
초능력 미리 보기! • 164

등장인물

▶자로

수호가 『논어』로 들어가 처음으로
친해진 사람. 괴팍한 성격에
말보다 주먹이 먼저 앞서지만,
의리 있는 성격으로
수호와 친해진다.

정수호◀

사서 선생님의 추천으로
『논어』를 읽고, 초능력 '캐치업'
을 얻게 되었다.
원래 친구들과 잘 어울리지
못하고, 운동도 못해 책만
좋아하던 소년. 초능력을 얻은 후
신체 능력이 좋아지고,
다른 초능력자들과 악당
들을 만나게 되는데….

▶ 일루미나티

초능력을 얻은 수호에게 접근한 자들. 그들의 목적은 무엇일까?

▶ 제이

차가운 성격, 세련된 외모로 수호와 같은 반이다. 어느 날부터 수호를 뒷자리에서 관찰하고 있다. 그리고 초능력 '캐치업'에 관해 잘 알고 있는 듯하다.

▶ 김진호

수호와 같은 반 친구. 나이보다 훨씬 큰 체격에 힘도 세서, 아이들이 은근 무서워한다. 수호를 답답해할 때가 있다.

▶ 이성은

수호의 오래된 친구. 밝고 까불까불한 성격이지만 수호를 걱정해 주는 유일한 친구이다.

▶ 사서 선생님

학교 도서관 사서 선생님. 수호에게 『논어』를 읽어 보라고 권한다. 초능력에 관한 비밀을 알고 있는 듯하다.

1화
어쩌다 초능력

초능력을 믿는가?

탓
타닷

다닥
탁

촤
악

자로 형!
오늘은 아무거나
부수면 안 돼!
그게
내 마음대로
되겠냐?!
타악
!

도…
도망쳐!
꺄아악
아이고!
누가 우리 애
좀 구해 주세요!

쿠
엉

으아아앙!
엄마!!!

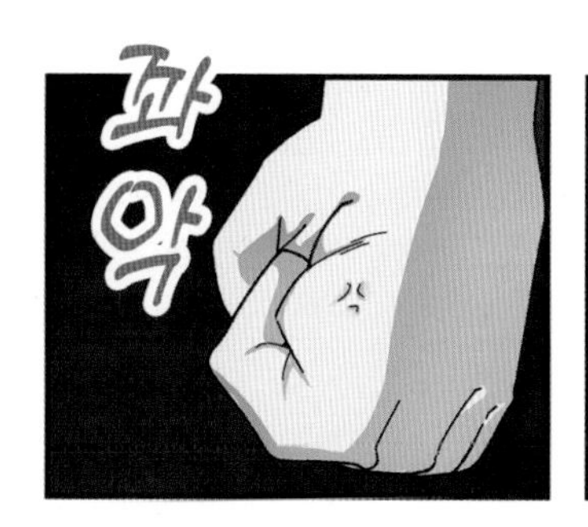
콰악

그럼 내가
나서기 전에
처리해 보라고!

끄덕
응.
다녀올게!
투학

휘어어

크릉?!

촤
악

스윽
샤샥
?!

휘익
꺄악!

앗!
주춤
씨익

쩌억

콰
형!
앙

정신 차려,
애송아!

!
…아, 맞다!

탁
아이가
위험해!

슈우우우웅

터
업
데굴
데굴
탁

야!
괜찮냐?!
감사합니다!

넌 왜 이렇게
남 위험한 걸 보면
당황하냐!!
고쳐!!!
미, 미안.

쿵

그르르르르…
자, 그럼…

척
말 안 듣는 멍멍이 좀 혼내 줄까?!
응!!
처억
내가 이런 초능력을 갖게 된 건….

석 달 전의 일이다.

왁자
패스해!
하하하
마이 볼~
지껄

패스하라고!!

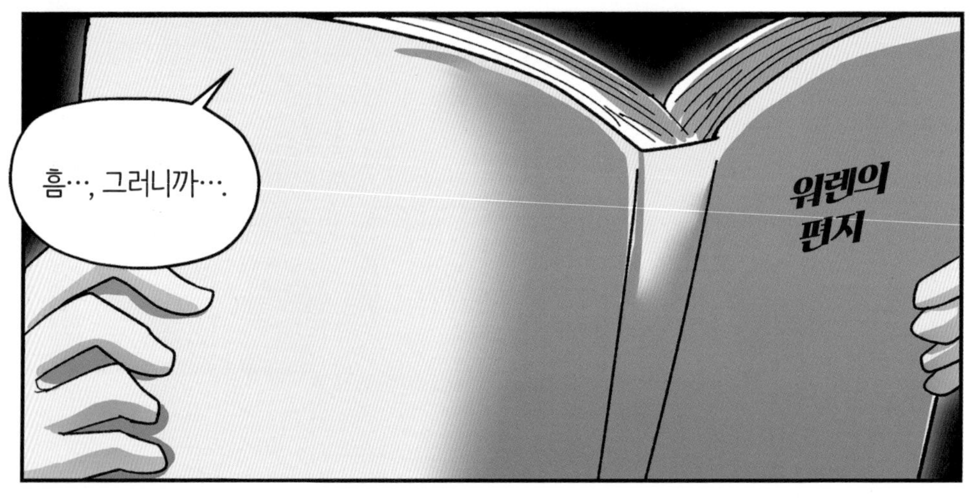
흠…, 그러니까….
워렌의
편지

독서를 이기는 건
없다…고?
정수호
초등학교 5학년

야! 또 책 읽냐?
툭
성은아!

우리 아빠는
너처럼 책 좀 읽으라는데.
오, 진짜?

네가 멍청한 걸
모르시나 봐!
빰!
응…?

슈우우우웅

퍼억

아흐윽…
괜찮아?!
푸하하하하!

정수호! 그것도 못 피해?
느려터져서 그런 거 아냐, 이 굼벵아!
두
둥

하하…! 난 괜찮아!!

박승현이 분명
노리고 찬 거야.
승현아, 빨리 공 가져 와!
너를 왜 이렇게
괴롭히지? 하필 또
같은 반이네….

철썩
우와아아!!!
박승현, 쟤는 운동도
공부도 잘하는데….

난 도대체
잘하는 게 뭘까?

그런 건…
잘난 게 아니야.

으응?
너 책 엄청
빨리 읽잖아!
내용도 잘 기억하고!

5-4

자, 오늘은 68쪽~

집
중

오…

스윽
!

선생님!
몰래 하는 것이 게임도 아니고, 책 읽는 거야?
이걸 칭찬해야 하나, 혼내야 하나?

아하하
하하하하

피식

망했다….
하하하하
푸하하
멍청이가 책은 왜 보냐고 애들이 얼마나 비웃겠어.

하하
하하

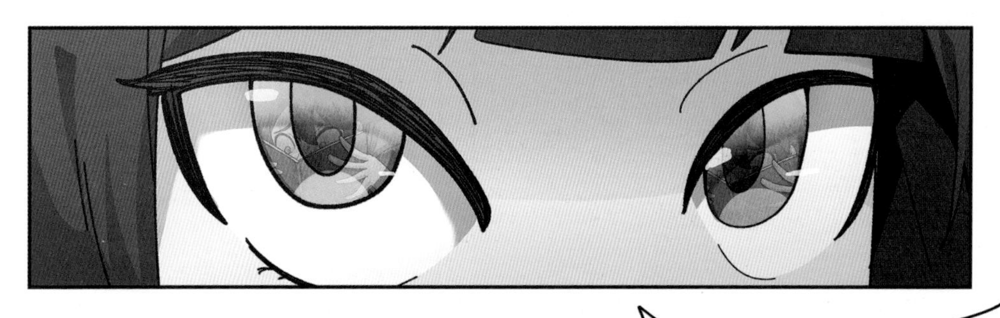

딩동
댕동

주섬
주섬

야! 굼벵이!!

깜짝

푸흡
으…응,
승현아….

하루 종일
책만 보던데.
스윽
주춤
툭

그런 거나 읽고,
공부를 안 하니까
네 성적이
그 모양인 거야!
그런다고
누가 칭찬해 주냐?
헉…
나도 너처럼
공부를 잘하고
싶은데…
헤헤
교과서는
재미가 없어….
피식

퍽!
미끌

꽈당

하하하하하

그런 쓸데없는 책은 집어던지고,
교과서나 읽어! 이 굼벵아!
척
뭣하면 내가 찢….

하하하…. 넘어졌네.
괜찮아?!
스윽

공부 잘하려면
뭐하라고?
콰악
으악!

어, 그러니까….
쌩~
피시방 가자~

도…도와줘서
고마워, 진호야.
?

…시끄러워서
쫓아낸 것뿐이야.
저벅
저벅

근데 운동 좀 해라.
슥
책만 보지 말고.

아, 응….
잘 가~

도서관

탁
저벅

오후 5시가 지나면
사서 쌤도 퇴근해서 없다.

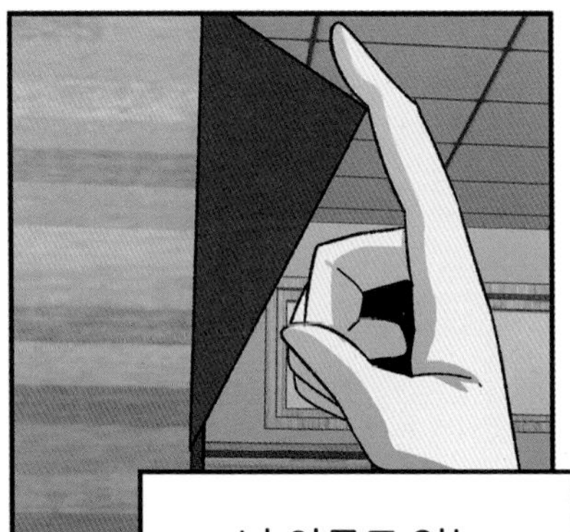
난 아무도 없는
도서관을 좋아한다.
활짝

이 시간, 이곳이
내 아지트다.

드르륵
탁

화들짝

휙

이 시간에 올 사람이
없는데?! 누구지?!
두근
두근
두근
두근

또각
또각
또각

또각
꿀꺽

또각
또각
또각
또각
또각
또각

어? 소리가 사라졌다.
등
나갔나 봐!

2화 『논어』가 뭔데?!

사…
사서 쌤?!
하하
괜찮아?
많이 놀랐어?

발그레

정수호…
맞지?
스윽

쌤이 제 이름을
어떻게….
우리 학교 도서관
대출 1등을
모를 리가 있니?
그리고 매일 이 시간에
책을 빌려 가는 것도
다~ 저장되어 있지.

저 반납도
꼬박꼬박 하고
책도 잘 꽂아 놨는데….
눈치

잘못한 거 없어.
책을 많이 읽는 친구가
누군지 궁금했거든!
우리 얘기
좀 할까?

수호는
어떤 책을 좋아하니?
과학책?
소설책?

음…,
그러니까….
슥

제목이나 표지가
재밌어 보이면
전부 다 봐요….

흐~음.

톡
톡
톡
아!

그러면 책 한 권
추천해 줄까?
싱긋

잠깐
기다려 봐.
삑
삑
삑
응? 저런 곳에
문이 있어?

사실 잘하는 것도 없고,
친구도 별로 없다는 걸
들키기 싫어서
책을 읽을 뿐인데….

책을 읽으면 엄청
똑똑해진다든가, 성적이
오를 것이라는 기대는
하지 않아….

가져왔어!
쾅

논어

논어…?

스륵
음…

아…,
그러니까….

이게 무슨
내용인지….
하하…
아무리 너라도
어렵지? 어른도
읽기 힘든….
아뇨!
읽을 수 있어요!
아니, 읽고 싶어요!!
활짝
논어

싱긋

역시 제이의
말이 맞구나.
네? 누구요?

그럼 집에 가서
읽고, 어땠는지
꼭 말해 줘.
쓰담
쓰담
책 잃어버리지 말고~

!!

가…
감사합니다!
쾅
귀엽네~

학이시습지 불역열호 (學而時習之면, 不亦說乎아)

학이시습지… 불… .

책이 너무
어려운데?
음…

내일 쌤에게
물어봐야겠…
수호는 정말
책을 잘 읽는구나!

…아냐, 이해가 안 되면
여러 번 보면 돼.
푹
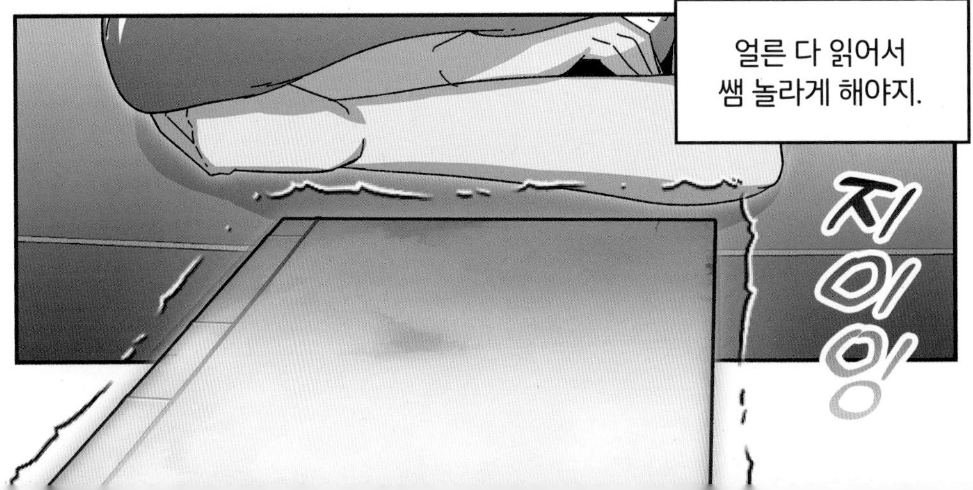
얼른 다 읽어서
쌤 놀라게 해야지.
지이잉

번
뭐야?!
논어
쩌억

촤좌락

논어
슈우웅

펄럭
책…
책이…?!
어어?!
화아악

번
뜩

눈부셔서
혼났네!
어휴~
이제야 보인…

웅성
웅성
…다.
웅성
웅성

여…
여긴 어디지?
드라마 세트장인가?
방금까지
집이었는데?!
벌떡

저 아이는 웃긴
차림을 하고 있군.
신경 끄게.
그나저나 오늘
'선생님'이 직접
오신다는군.
'선생님'이
직접?!

배우들
인가…?
스윽
선생님?

퍽
앗!

궁시렁
뭐야?!
부딪쳤으면
사과를 해야지!
학교에서
안 배웠나?
궁시렁

방금 그 말….
멈칫

어?!
드, 들었나 봐!!

나한테
한 거냐?

3화
우당탕탕 첫 만남

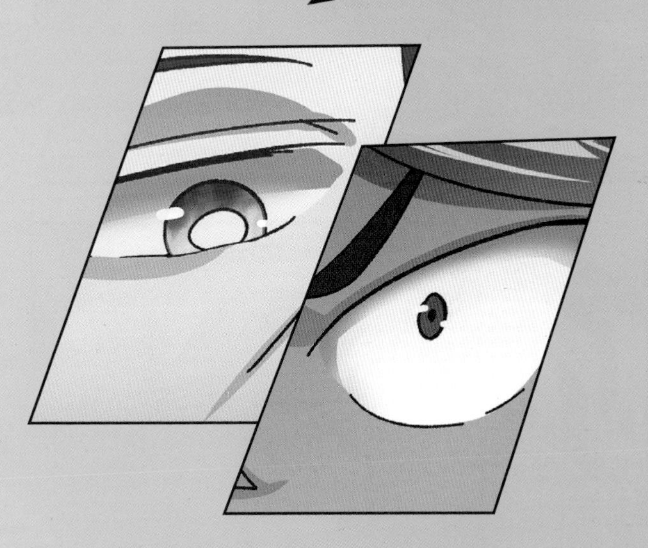

쿵
쿵
감히 어린 녀석이!
쿵
이 자로 님에게
반말을 해?!
쫘
악

번쩍
거기 자네!
어린 애한테
무슨 짓인가?
척
버
저리
안 가?!!
럭
옆 동네
깡패 자로 아녀?
웅성
아이고~
그냥 지나가세.
웅성
주춤

수, 숨 막혀!!

버둥
버둥

너 누구냐?!

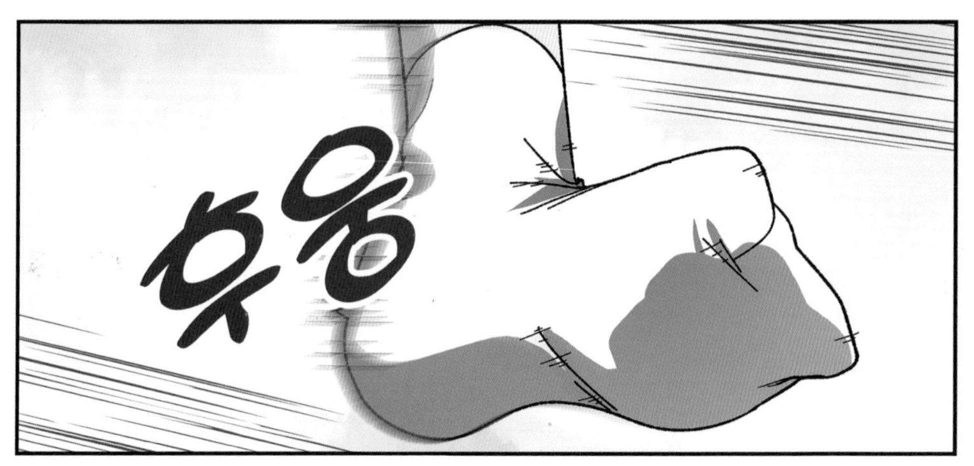
휘웅

퍽

크흡!!

아얏!
툭
콰
당

하하하
하하하하
부들 부들
푸흡

헉, 이틈에
도망가야겠다!

어, 어딜
도망가려고…!
후욱
후욱

콰악

와락
히익?!

잠깐만요!
폭력은 나빠요!!

슈
웅

서, 선…
선생님
이다!!!
선생님?!
뭐?

다들 빨리
옆으로 비켜!
헐레벌떡
후다다닥
길을 열자고!!

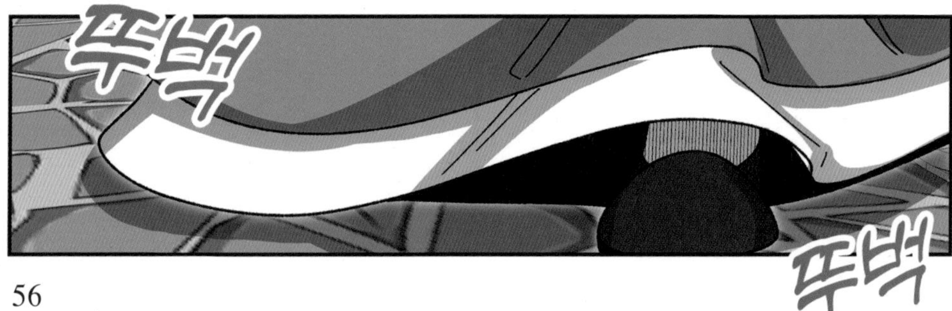
뚜벅
뚜벅

오오…
뚜벅
자네는…
진짜 선생님이야…!
어찌하여 어린아이와
창피하게 다투고 있는가?
뚜벅
뚜벅

펄
럭

뭐, 뭣?

내가
언제…
벌떡

욱….
욱신!
털썩

내, 내가 언제
이 꼬맹이랑
다퉜다고…!
크윽

스윽

자네가 그 유명한
자로인가?

누…누구지,
이 사람?

씨익
당황

벌떡

주섬
주섬

후다닥

선생님한테
겁먹었군!
괜찮니,
얘야?
슥
아…, 네….

그런데… 여기가
어디 세트장인가요?
궁금
무슨
말이야?

그나저나 얘 옷은
왜 이 모양이래?
서역에서
온 노비인가?

엥?
저 사람들이 지금
연기를 하는 건
아닌 것 같은데….
그럼 혹시 소설에
나오는 회귀? 이세계?
그것도 아니면….

꿈인가…?

일단 아빠한테
전화해야겠다.
뒤적

음…?
툭툭

어?!
내 폰이
어디 갔지!?
뒤적
뒤적

자, 잠깐만!
주섬
툭

내
스마트폰
내놔!!
타닷

싱긋
왜 저러지?
수마더본?

그날 밤
부엉
부엉
부엉

어기적
어기적

끼익

스윽
탁!!

역시, 아까 급소를 맞아서
잘 못 뛰는군.
저기가
저 깡패 집인가?

어떻게 하지….
자고 있을 때 몰래 가져올까?
너무 늦어서 밖에 있긴
무서운데….
스윽

왈왈왈왈왈왈왈왈왈
아아아아아악
화들짝

왈
갑자기 웬…
강아지?!
왈
왈
왈
왈
쉬, 쉿!
조용히 해!

쿵
쿵
쿵

누가 감히
이 자로 님을
치러 왔느냐!!
쾅

4화

무서운 자로 형

아!!
팍

버럭!
너는 아까
그 건방진
애송이?!

들, 들켰….

뜨끔
쭉

감히 여기까지
따라왔겠다?
죽을 각오는
되어 있겠지?
불끈
딸꾹

내가 너 때문에
무슨 수모를
겪었는지 알아?
딸꾹

이번에야
말로….
딸꾹

딸꾹
딸꾹
딸꾹
딸꾹
딸꾹
딸꾹
딸꾹
딸꾹
딸꾹

푸
흡

이런 녀석은 또 처음이군!
엥?

담력도 없으면서 감히 이 자로 님에게 도전한 거냐?
슥

아니….
내 스마트폰 가져갔잖아.

스마통?? 그게 뭔데? 난 그런 거 가져간 적 없어.
빨끈
무슨 소리야! 낮에 당신이 가져간 게 분명한데!

이놈이 근데
아까부터 반말…
탓
야!
어디 가?!

착!

저기 있다!
두
둥!

뒤적
뒤적
착
누가 누구보고
도둑이라는 거야?!

*자각몽: 자신이 꿈을 꾸고 있다는 상태를 인지하는 것.

이, 이게 왜 안 되지?!
분명 배터리가 충분했는데?!
아빠한테 어떻게 연락하지?
아니, 애초에 여긴 어디지?
중얼
중얼
그래…. 그냥 자각몽*일 거야….
분명 꿈일 거라고!
중얼
중얼
중얼
꼬르륵

어이, 애송이!
배고프냐?
밥이나 먹자!

텅
텅

맛있게
잘 먹었다!!
빵
빵

쥐 고기를
어떻게 먹어!
징그러워!!
아까는
못 먹겠다고
그렇게 떼를 쓰더만.
끌끌~

*시장이 반찬이다: 배가 고프면 반찬 없이 밥만 먹어도 맛있다는 속담.

내 이름은
정.수.호!
빠직
파악
아저씨 같은
사람한테 노비라는
말 듣고 싶지 않아!

어이! 정수호~
난 아저씨가
아니라고.
벌떡
당황
아직 18살이란
말이야!
그 얼굴로…?
사촌 형이랑
동갑이라고…?
엥?
사촌 형?

좋아! 너에게 형이라고
부를 특권을 주겠다.
씨익
자로 형이라고
불러라!
자로?
어디서 들어 본
이름 같은데…
으응….
논어
설마…!
공자의 제자,
자로?!
두
둥
?
논어에서
본 이름이야!

역시… 이건 꿈이야.
책을 읽다가 자니까
이런 꿈도 꾸는구나.
스윽

이런 맑은 하늘은
현실에는 없었는데….

우와~
이래서 별빛이
쏟아져 내린다는
말이 있구나!

와…
씨익

네 녀석, 사연이 뭔진 모르겠지만
갈 곳 없으면 여기에 살아라.
털썩
어차피 난 혼자 사니까.
!

형, 부모님은 어디 가신 거야?

글쎄…….

아…. 내가
실수했나 봐….

책이 어려워서
기억나는 게
이름밖에 없네….

이렇게 된 거,
질문 좀 하자!
형! 공자라는 사람에
대해 잘 알아?
벌떡
뭐?!

발
끈
네 녀석!
설마 공자의
끄나풀이었나?!

아, 아니!
그냥 들어 보기만 했어!
왜 이래?
…그래?
공자 그 사람은
순 사기꾼이야!

온 천하를 어지럽히며,
말로 사람을 현혹하는
사기꾼이라고!
척
논어
그, 그래도 논어라는
유명한 책도 쓴….

그건 다 공자의
헛소리를
제자들이 좋게
해석한 글이야!
크
악

영웅이라면 공부보단
무술을 수련해야지!
그런데 공자 때문에
농사도 수련도 안 하니
다들 허약해지고 있잖아!
불끈

그래…. 책을 읽는다고
운동을 잘하거나 성적이
오르는 건 아니니까….
흠…

그래서 난…
백성들을 위해,
두둥
내일 공자를
없애 버릴 거야.

5화
공자 선생님

뭐, 뭐라고?!

팍
없애 버리다니!
그게 무슨 뜻이야,
형?!

잘 들어, 정수호.
우리는 많은 싸움이 일어나는
전국 시대*를 살고 있어.
이 시대에 필요한 건
자신과 소중한 것을
지킬 '힘'이야.

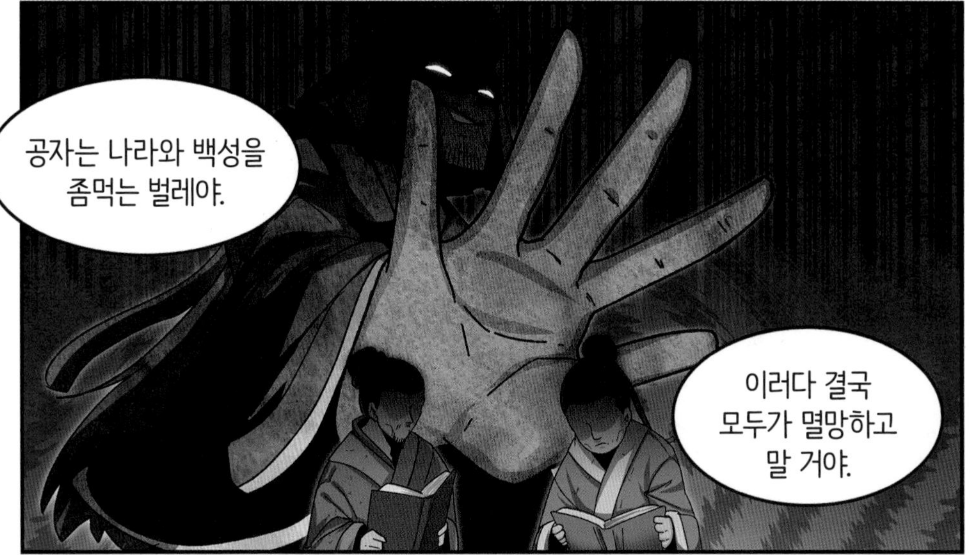

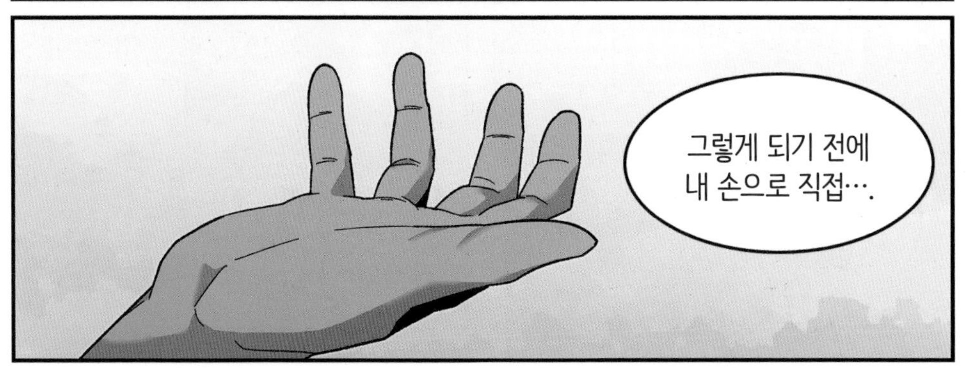

*전국 시대: 중국 역사에서, 춘추 시대 다음의 기원전 403년부터 진나라가 중국을 통일한 기원전 221년까지 약 200년간의 과도기.

콰
앙
공자를
처단할 거야!
그 후에 난
여기를 뜰 거니까.
저벅
이 집은
가져라.
저벅
자, 자로 형!

뭐지….
꿈인가…?

아, 맞다.
꿈이지.
꼬집

분명 책에는
제자라고
적혀 있었는데…
논어

꿈이라서
내용이
달라졌나 봐.

그래, 뭐 어때.
어차피 꿈인데
신경 쓰지 말자.
스윽

하암
눈을 뜨면
다시 내 방이겠지?

새벽

쿨쿨

쩌이익

부스럭
으음…. 형, 아직 안 잤….

두
둥
?!
자, 자로 형!
꼴이 왜 그래?!?!
벌떡

이 사나이 자로,
세상을 어지럽히는 공자를 처단할 유일한 자가 나다.
저벅
저벅
저벅

에…
이 모습은 내 결심의 표시야.

짧은 시간이었지만 만나서 즐거웠다.
잘 지내라, 정수호!

자, 잠깐만!
자로 형!!
덜컹
팍

형은 정말
공자를 없앨 생각이야!
타닷

아무리 꿈이라도
사람이 죽는 건
보고 싶지 않아!
자로 형을
막아야 해!!

척

흐읍
이리 오너라!!
벌컥

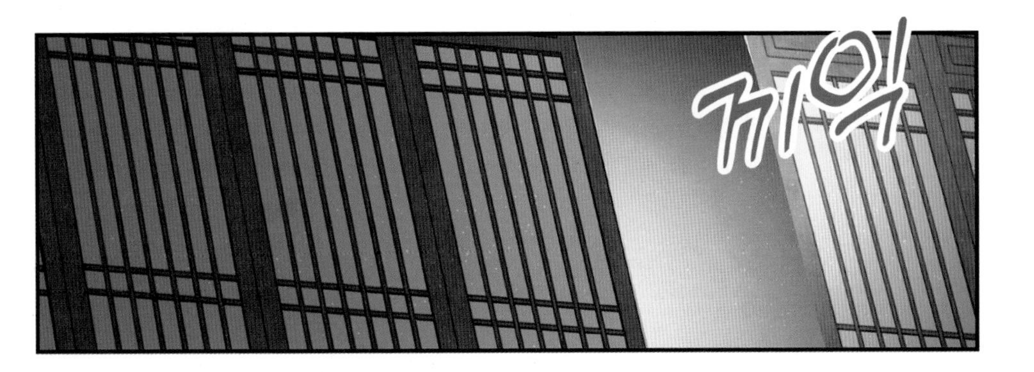
끼익

우르르르

내가 올 것을
알고 있던 건가…!
큭

그대는….

두
무엇을
좋아하는가.
둥

나는 긴 칼을
좋아한다.
툭
꿀
스
릉

…무엇을
좋아하느냐고?

척
이 칼만이
나를 지켜 주고,
너 같은 간악한 자를
없앨 수 있지!

이, 이보게!
주춤
다가오지 마!
다가오면
가만두지 않겠다!
후웅
주춤
이 겁쟁이
놈들….
안 돼!
덥
석
?!

6화

학이시습지 불역열호

너, 넌…
정수호…?

투닥 투닥
네가 왜 여기 있어?
형이 나쁜 짓 하기 전에 막으러 왔지!!

헛소리 말고…
휘익

후
저리 떨어져!
웅
콰과가각

헉!
힘 조절이….
움찔
으윽….

휴

늦었지만 다시
이야기해 볼까?

퍼
!!
억

형! 사람을
해치면
안 돼!!

방해하지
말고
스윽
휘
저리 가라!!
잉
으악!

까불지 말고
그대로 있어라.
으윽…

싫어!!
와락

가라고!
휙
팟
안 된다고!

꽈당
퍽
촤악
벌떡

척

허억
허억
끄…
끈질긴 녀석….

힐끗

부들
부들
부들
부들
부들

담력도 없는 놈이
남의 일에
왜 이렇게
끈질겨?!

형이 나쁜 길을
가려고 하니까…
아무리 무서워도
나는 막을 거야!
흠칫
너… 이 자식,
당장 비키지 않으면….
쿠구구구구구구

턱
그만! 이제 나와 이야기하세.
이 사람이 공자구나!
겁쟁이처럼 뒤에 숨어 있더니 드디어 나왔군!
흥!
자, 나한테 무엇을 묻고 싶은가?
우린 강해져야 한다!
하지만 너로 인해 백성들은 약해지고 있지.

*충언: 충직하고 바른말을 함. 또는 그 말.

그런 것 없이
강한 사람이
될 수 있다!
무력이나 토지,
하물며
돈만 있다면…!
꽈
악
배우고 묻기를
소중히 여긴다면 어느 누가
나쁜 일을 하겠는가.
자네는 머리가 좋고,
힘도 세지만,
어떻게 살아야 할지를
모르니, 야인*처럼
사는 것이 아닌가?
뭐?!

남쪽 산의 대나무는 혼자서도 잘 자란다!

그대로 화살을 만들어도 소가죽을 뚫을 수 있다!

대나무처럼 잘나게 태어난 사람에게 무슨 배우고 묻기가 필요한가!!

푹

맞아…. 타고난 걸 이길 수 있을까?

승현이는 머리가 좋고,
진호는 운동에 재능이 있잖아….

*야인: 교양이 없고 예절을 모르는 사람.

나도
큰 뜻을 가져
공부를 해 봤지만
울끈
결국
이 주먹만이
나를 지켜 줬다!!
꽉
이 혼란의 시대에
한낱 백성이 무예로
자신을 지키지 않으면,
누가 우리들을
지켜 줄 것인가?!

저벅
대나무로 만든
화살에 꿩의 깃털을
붙여 깃을 만들고,
저벅
반대쪽에 쇠를
붙여 촉을 만들면….

소가죽뿐 아니라
갑옷도 뚫을 수
있다네.
온화

피 - 융
?!

털썩

자네의 힘에 배움을 더한다면
백성을 지킬 힘으로
성장하겠지.

좋은 책과 선생을 만나
배움을 갈고 닦았을 때
더 날카로운 힘이 되는 것이야.
좋은…

책…!!
울컥
그 힘은… 어떻게 하
배울 수 있습니까…

슈욱

슈르르륵
뭐, 뭐지?

일렁

촤악

확이시습지

슉
어?!

이, 이게 뭐야?!

불역열호

야…! 정수호!
너도 이거 봤…
휙

지…?
보그르르

짹짹
짹짹

수호야~
밥 먹고 학교 가야지!

너저분
…엥?

7화

초능력자들의 등장

딩동 댕동~

활짝
~♪

너 혹시
기분 좋은 일 있어?
콕
응?
갑자기 왜?

왜는 무슨~
너 하루 종일 실실
웃고만 있잖아!
활짝
수업 시간에도,
체육 시간에도,
활짝
심지어 선생님께
혼날 때도!
활짝
내…
내가 그랬어?
하지만 오늘따라
힘이 넘치긴 해.
쭈욱
논어
어제 논어를 읽고 꾼
꿈이 좋은 꿈이었나?
컨디션이 최고야!

그냥 잠을
잘 자서 그런가 봐!
하하~
에이~
난 저녁까지
과외 받느라
피곤한데,
울컥
정수호는
잘 잤다고?

한번 골려 줘야겠다!
쿵

꽈당

두
어?

어?
승현아…?
둥

와~ 뭐야? 승현이가 정수호한테 힘으로 밀린 거야?!
웅성
웅성

너 어제 진호 말 듣고 운동이라도 하고 온 거야?!
와아!

빤히
웅성
웅성

웅성
괜, 괜찮아?
웅성

네, 선생님.
스윽
저번에 말한 애 말인데요….

어둑
어둑

아빠가 오늘 야근이라서 배달 음식이라도 시켜 먹을래?
괜찮아요, 아빠.
걱정 마시고 조심히 오세요.
그래, 미안해~!
뚝

하아
뭐, 하루 이틀도 아닌데.

뚜벅 뚜벅
그래도 어제 꾼 꿈이랑
오늘 학교에서 있었던 일 말하고 싶었는데….

맞다, 꿈!
내용을 더 찾아볼까? 공자와 자로….
톡
토독

자로는 본래 야인이었고, 공자에게 해코지를 하려다가 감동해 제자가 되었다.
내가 꾼 꿈이 이 시기였구나.

논어를 잠깐 읽기만 했는데 이런 숨겨진 이야기를 꿈으로 알아내다니!
우쭐
우쭐
혹시 나 천재인가?

SU
앗, 편의점이다!

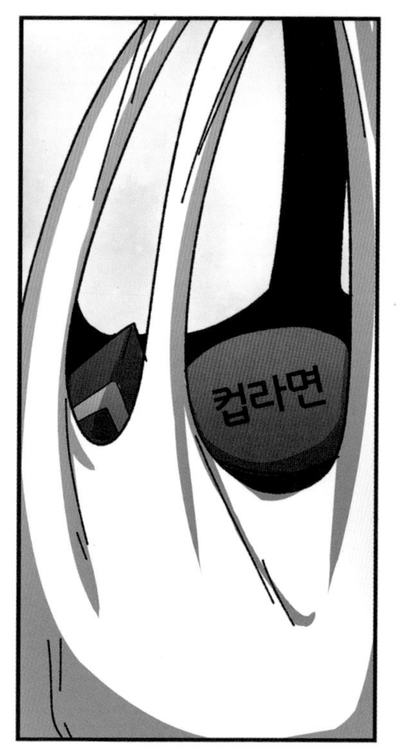
컵라면

저벅
저벅

맛있는 삼각김밥을~
~♪
라면 국물에 찍어 먹으면~

타
닷
맛있는 게 2배… 응?

쿠
?!
궁
빠, 빨라!
마, 맞는다!!
질끈
탓
쳇!
슈웅

?!
내가 이렇게
멀리 뛴 거야?!
탁
제법 빠르네.
누, 누구지?
누구세요?
저, 저 알아요?
저 모르는 사람한테
원한 살 사람
아니에요!

얼른 '그 힘'을
사용하는 게 좋을걸?

안 그러면….

탁
차아아앙
쾅
차아아

철퍽

으…. 아파!
얼얼
슉
평범한 초등학생이었으면
팔이 부러졌어.
사삭

헉
언제
내 뒤로?!
퍽!

끄아아악!!

털썩

스윽

퍽
퍼벅

언제까지
가만히 있을 거지?
퍼벅
퍽
퍽
겨우
이 정도야?
이 쓸모없는
녀석아!!
움찔

촤
악

나는…
?!
타다다
쓸모없는
사람이
콰
앙
아니야!!

스윽

탁
타닥

무, 무슨 일이
일어난 거지?

학교에서 승현이를
넘어트린 게
우연이 아니었어?

이 힘은 대체….
우우웅

그게 바로
캐처의 힘이야.

스윽

그런데 너무
형편없잖아?

너, 너는
우리 반
제이?!

논어를 읽길래
기대했는데,
네 캐처 대상도
모르는 것 같고.

논어? 캐처?
무슨 말이야?
캐치업 능력 좀
보려고 했는데
풋내기 그 자체네.

다짜고짜 사람
때려 놓고
뭐라는 거야?!
흥!
무시하지 말고
대답해!!
저벅
저벅
지잉!
?!
슉

콰앙

크하하하!!
내 방패를 피하다니!
쿵
하지만 그래 봤자
꼬맹이들!!
순식간에
해치워 주마!!
파앗
평범한
꼬맹이가 아니다.
둥
지잉

방심하지 말고
신속하게 끝내도록.
처억
너희는…

두
일루미나티…?!
둥

8화

공자 선생님 왈

타앗

척

키잉

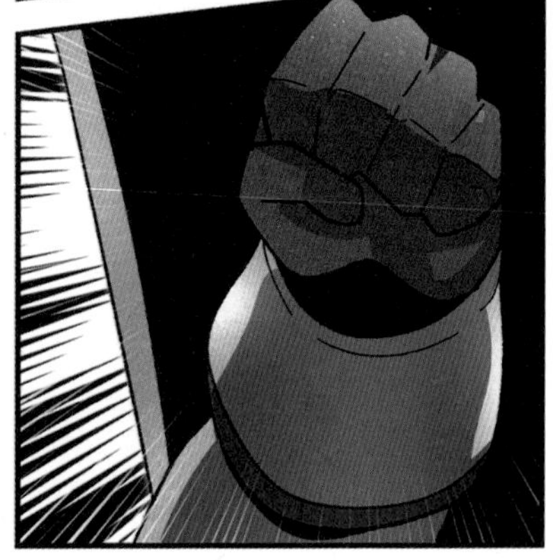

콰앙
슈슉

후웅

키잉
젠장.
너무 빠르….
음?! 크하하하!
만만한 게 하나 있군!

너부터
처리해 주마!!
으악?!!

젠장.
너무 빠르….
타닥

어딜
한눈팔아?!
퍼
억
크헉?!

이 꼬마가!!
빠직
알짱거리지 말고
훙
훙
후
웅
얌전히 사라져라!!

헉
허억
도망치는 건 일품이군!!

슈
웅
그깟 공격은 눈 감고도 피할 수 있어!

턱
?!

두
둥

크하하하!!
더는 도망 못 가겠지!!
콰
앙
사라져라!!

엇?!

다 알고 있었어!!
퍼억

탁
콰당

또 자로 형 때처럼
꿈꾸고 있는 건가?
이번엔 만화책
보다가 잠들었나?
제이가 나랑 싸울 때는
봐준 거였나 봐.
이, 일단 숨어
있을까?
터벅

너도 캐처인가?
뒤?!
대체 언제?!

슈욱
까딱

어?!
턱
으악!
촤
악
죄, 죄송합니다, 형님!
너무 재빨라 놓쳤습니다!
됐다.

지금부턴 나도
나선다.

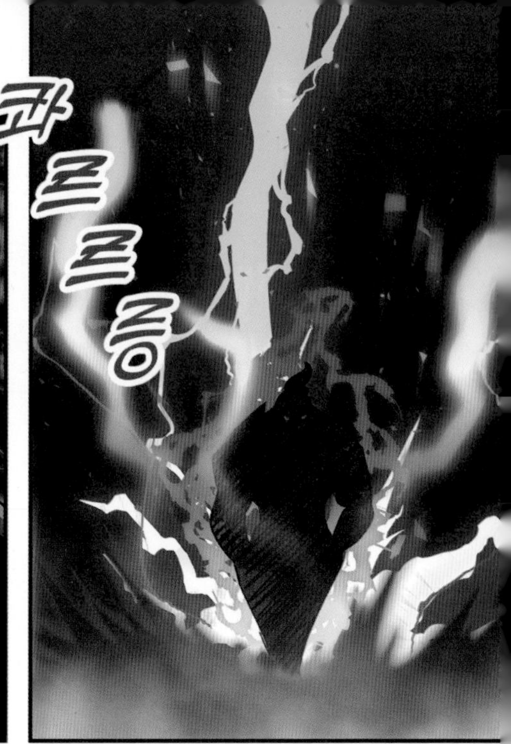
콰르르릉

파직

두둥
파지직

저, 저게 뭐야?!
모습이 변했어!
저 사람들은
캐처….
책을 읽고
강한 힘을 얻은
자들이야.
동서고금을 막론하고,
역사에 한 획을 그은 자들
그리고 신화에 적힌 자들.
책 속으로 들어가
그들에게
선택 받으면,
그들의 능력을
'캐치업' 해 초능력처럼
사용할 수 있어.

…특히 저 남자는
위험한 느낌이 들어.
정수호와 힘을
합치면 이길 수
있을까?
…오히려 내가
지켜야 할 판인데.
그리고 저 자들은
그 힘을 악용하는
집단이야.
덜덜

정수호,
넌 도망가.
뭐?? 왜!!

너도 캐처가 될 자질을
가졌지만 아직은
너무 약해.
휙
덜덜
덜덜
그리고 겁쟁이는
방해만 돼.
없는 게 나아.

그러니 빨리….
누가 보내 준다고 했나?
콰
앙
제이야!!
척
앗!!

기다려!!

쟤는
아무 것도 몰라.
비틀
싸우려면
나랑 싸워!

아이아스,
내가 잡아 두지.
마무리는 네가 해라.
넵!

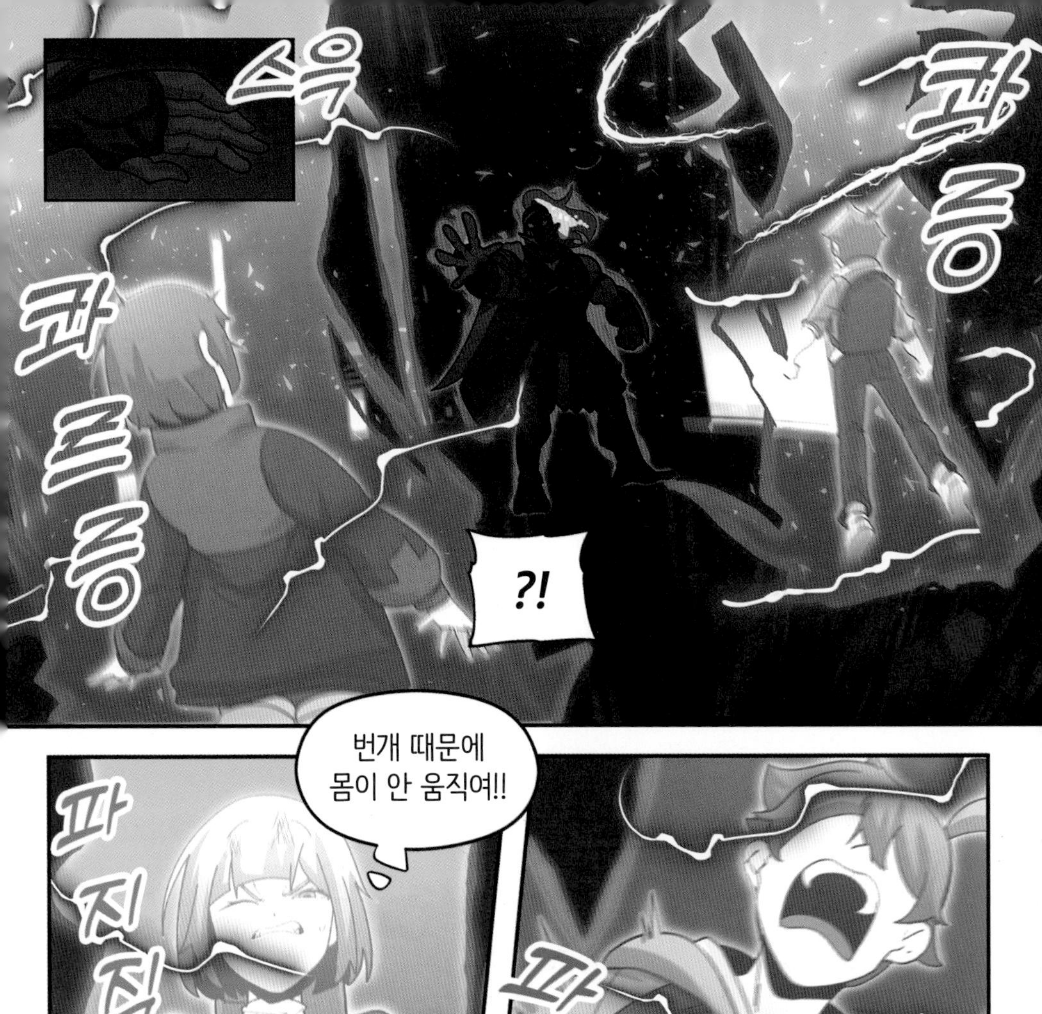
스윽
콰광
콰르릉
?!

번개 때문에
몸이 안 움직여!!
파지직
파직
파지직

가라.
철컥
네, 형님!

네가 논어에 들어간 것 알아!

분명 값진 경험이었을 거야.

거기서 뭐 배운 거 없어? 너의 마음 한구석을 움직인 부분이 없냐고!

어제 꿈에서
인상 깊었던 일?
파지직
자로 형을
만난 일 말하는 건가?

난 부조리를
당해도 무서워서
대항하지 못했어.

하지만 자로 형은
옳다고 믿는 것을 위해
노력하고 있었어.

그리고 자로 형과
공자님을 만나서…
봤던 그 글자….

흥!
곧 죽을 것이
애쓰는 구나!
쿵
쿵
다 '쓸데없는'
짓이다!!

책을 읽고
자로 형을 만난,
그 값진 경험들은….

촤
쓸데없지
않아!!
악

이 기운은…!
일렁

후
뭔진
모르겠지만
빨리 죽어라!!
웅

학이시습지 불역열호

콰앙

?!

공자 선생님 왈
'어른이 창피하게
어린아이와 싸우면
안 되느니라' 했다!
두
없어져서
한참 찾았다!
애송이!!
자로 형!!
둥

사서 쌤과 독서 톡! Talk!

수호가 책에 너무 집중한 나머지 『논어』 속으로 들어갔대~ 공자와 자로를 직접 만나며 궁금한 게 많아졌다는데 어디 한번 이야기를 나눠 볼까?

『논어』를 쓴 사람이 한 명이 아니라고?

『논어』의 저자, 그러니까 논어를 쓴 사람은 누구일까?

당연히 공자 선생님 아닌가요?!

공자 선생님의 말씀이 담긴 책이지만 『논어』를 쓴 사람은 한 명이 아니야.

엥…? 그럼요?

공자 선생님의 제자들이 선생님을 따라다니며 직접 들었던 가르침들을 옮겨 적은 것이지. 공자 선생님 평생의 가르침을 모아 놓은 책이라고 보면 돼.

공자 선생님이 제자 또는 다른 여러 사람들의 질문에 대답하고 토론하는 것을 '논'이라고 하고, 선생님이 직접 제자들에게 전해준 가르침을 '어'라고 불러. 그래서 논 + 어 = 논어가 되는 것이지.

『논어』는 총 20편으로 이루어져 있고, 600여 개의 문장들이 전해 내려오고 있어. 그리고 한 번에 완성된 것이 아니라, 긴 시간 동안 사람들이 보충하고, 수정하면서 현재의 모습으로 정리되었어.

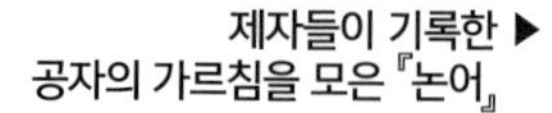

제자들이 기록한 ▶ 공자의 가르침을 모은 『논어』

키다리 공자 선생님

공자 선생님은 키가 9척6촌에 달했다는 기록이 있어.

9척6촌이 얼마나 큰 건데요?

지금으로 치면 190cm가 넘는 키라고 봐야지.

허걱!! 완전 거인, 키다리 선생님이네요!!
그래서 자로 형이 겁먹었나….

누가 내 욕을 하나? 귀가 간지럽네.

공자 선생님은 양반과 양민 사이에서 낳은 자식, 즉 서자였기 때문에 공씨 집안에서 인정받지 못했고, 무사였던 아버지와 달리 글과 지식으로 인정받으려고 노력했어. 30대가 되자 공자는 노나라에서 가장 박식한 사람이 되었고, 학교를 열어서 학생들을 가르치며 유명해졌어.

그래서 책을 읽고, 배우는 것이 중요하다고 말씀하셨군요….

능력이 출중했던 공자 선생님은 정치 활동도 하셨어. 그런데 오랜 정치 생활을 했음에도 도덕을 강조하는 '도덕 정치'를 강조했기 때문에 당시 부패했던 정치인들에게 외면당했지. 그렇지만 공자 선생님이 교육 활동에 전념한 덕분에 우리들이 지금 그 가르침을 받을 수 있는 거야.

만화 속 공자 ▶

똑똑해지는 인문 고전 캐치업!

사서 선생님 덕분에 공자 선생님에 대해 간단히 알게 됐어!
공자 선생님과 그 가르침에 대해 더 자세히 알아볼까?
또 공자의 제자였던 자로의 일생도 한번 알아보자~!

▲ 공자의 초상화

공자의 삶

공자는 춘추 시대 노나라 시골인 창평향에서 태어났다. 서자로 태어난 공자는 글과 지식으로 인정받기 위해 어릴 때부터 공부하기 시작했고, 30대에는 노나라에서 가장 박식한 사람이 되었다. 공자의 꿈은 올바르고 평화로운 세상을 만드는 것이었다. 그래서 인(仁)을 바탕으로 한 도덕 정치를 실현하고 싶었으나 뜻을 이루지 못했다. 이후 고향에서 교육자의 삶을 살았다.

공자의 사상, 인(仁)

공자 사상의 핵심인 '인(仁)'은 정확한 의미가 정해져 있지는 않으나, 사람을 사랑하고 어질게 행동하는 일들을 나타낸다.
또한 공자는 모든 덕의 기초로 인(仁)을 실천하면 이상적인 상태에 도달할 수 있다고 말했는데, 여기서 덕은 인간에게 기대하는 각자의 훌륭한 자질이다. 따라서 군주 또는 왕이 덕으로 백성을 다스리면 백성의 덕도 높아져 그 결과, 온 세상이 평화로워진다고 생각했다.

깡패 자로, 공자의 제자가 되다?!

자로도 공자와 마찬가지로 노나라 사람으로, 가난한 집안에서 태어났다. 힘 좋고, 다혈질의 성격이었던 자로는 공자와 그 무리들을 놀리기 위해 돼지와 닭을 들고 공자의 집을 찾아갔다. 공자를 방해하려 했던 자로는 공자와의 대화를 통해 공자를 존경하고 그의 제자가 되었다.

이후 자로는 공자를 욕하는 사람이 있으면 가만두지 않았다. 훗날 공자는 웃으며 "나에 대한 악담이 사라졌다"고 말했다고 한다. 자로는 공자가 가장 믿고 의지한 제자가 되었다.

만화 속 자로 ▶

▲ 자로의 초상화

공자를 슬프게 한 자로의 죽음

자로는 말년에 위나라에서 반란이 일어나자 그것을 바로잡으려다 죽게 된다. 자로가 처형당하여 시체가 젓갈로 담겨 노나라로 돌아오자 공자는 집안의 젓갈을 다 갖다 버리고, 죽기 전까지 젓갈을 입에 대지 않았다고 한다.

아끼던 제자 자로가 죽은 지 얼마 지나지 않아 공자도 숨을 거둔다.

캐치업 노트

「 논어에서 공자 선생님과 자로 형을 만나서 즐거웠어!
학이시습지 불역열호에 대해서 더 자세히 알아보고
노트에 적으면서 다시 한번 정리해 보자!

수호의 캐치업! **학이시습지 불역열호** (學而時習之 不亦說乎)

學	而	時	習	之	不	亦	說	乎
배울 학	말이을 이	때 시	익힐 습	갈 지	아닐 불	또 역	기뻐할 열	어조사 호

공자 선생님께 배운 '학이시습지 불역열호'의 깊은 뜻이 궁금해서 책과 인터넷을 통해 찾아봤다. '학이시습지 불역열호'는 논어 <학이>편 제1장에 나오는 말로, '배우고 때때로 익히면 또한 기쁘지 아니한가'라는 뜻이다.
배운 것들을 삶에 접목시켜 활용할 줄 알면 더욱 좋다는 얘기인 것 같다.
배우고, 익히는 것이 쓸데없는 것이 아니라 우리 삶과 밀접한 연관이 있다는 것을 깨달았다. 논어를 더 공부해 보니 '학이시습지 불역열호' 뒤에 더 많은 문장이 있었다.

학이시습지 불역열호 學而時習之, 不亦說乎.
배우고 때때로 익히면 기쁘지 아니한가.

유붕자원방래 불역락호 有朋自遠方來, 不亦樂乎.
친구가 멀리서 오고 있다면 즐겁지 아니한가.

인부지이불온 불역군자호 人不知而不慍, 不亦君子乎.
남이 알아주지 않아도 화를 쌓아두지 않으면 내가 군자가 아닌가.

논어의 핵심 문장만 익히면 너희들도 논어를 캐치업 할 수 있어.
핵심 문장과 그 뜻을 따라 써 보면서 제대로 익혀보자고!

孔子曰

孔	子	曰
구멍공	아들자	가로왈
孔	子	曰
구멍공	아들자	가로왈

공자가 말하길

學而時習之

學	而	時	習	之
배울학	말이을이	때시	익힐습	갈지
學	而	時	習	之
배울학	말이을이	때시	익힐습	갈지

배우고 때맞추어 익히면

不亦說乎

不	亦	說	乎
아니불	또역	기뻐할열	어조사호
不	亦	說	乎
아니불	또역	기뻐할열	어조사호

또한 기쁘지 아니한가.

핵심 문장 익히면 나도 캐치업!

자로가 했던 질문과 공자 선생님의 답을 꼼꼼히 보면,
공자 선생님의 가르침을 더 확실히 알 수 있어.
질문에 맞는 답을 서로 이어 보고, 아래 정답을 확인해 봐.

자로의 질문

1

2

3

공자 선생님의 답

배우는 것을 통해 올바른
사람이 될 수 있지.
말은 채찍으로 배우고,
왕도 신하들에게 배워야
한다네.

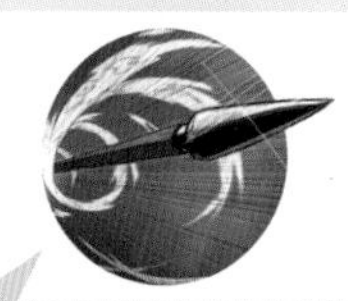

화살에 깃털과 쇠촉을
붙이면 철도 뚫을 수 있지.
사람도 배움을 통해
더 큰 인물이 될 수 있다네.

C

힘이 센 사람도, 돈이 많은
사람도 배우고 익혀야 나쁜
일을 멀리 하게 된다네.

정답 : 1-A, 2-C, 3-B

캐릭터 정보

「제이의 움직임은 내가 눈으로도 쫓아가지 못할 정도였어.
제이의 캐치업은 무엇일까? 만화 내용을 토대로 추측해 체크해 봐!
마지막에는 제이의 캐릭터 정보도 있으니 꿀잼~

1 얼음 마법을 사용하는 초능력

2 만진 것을 불태우는 초능력

3 미래를 예측하는 초능력

4 시간을 정지 시키는 초능력

이름: 이제이

생일: 156cm

좋아하는 것: 록 음악 듣기, 멍때리기

좋아하는 색: 검정, 빨강

MBTI: ISTJ (현실주의자)

캐치업: 미래를 예측한다.

▶ 초능력 미리 보기!

2권 예고

소크라테스의 제자, 플라톤 등장?!

초능력을 다루는 캐처들의 이야기!
이제 본격 시작!

수호는 『논어』에서 배운 '학이시습지 불역열호' 즉, '학습' 스킬을 더 효과적이고, 강하게 사용하기 위해 훈련에 들어간다. 그리고 그 훈련에는 수호처럼 아직 자신의 힘을 찾지 못한 학생이 한 명 있는데, 그 학생의 캐치업은 그 유명한… 플라톤의 『국가』?!
과연 수호는 소중한 사람들을 지킬 수 있는 히어로로 성장할 수 있을까?!

잠깐! 난 2권에서도
나오니 잊지 말라고!